Apgaismības Ceļā un Citi Stāsti

Apgaismības Ceļā un Citi Stāsti

Aldivan Torres

aldivan teixeira torres

CONTENTS

1 | Apgaismības Ceļā un Citi Stāsti   1

Apgaismības Ceļā un Citi Stāsti

Aldivan Torres

Apgaismības Ceļā un Citi Stāsti

Autors: Aldivan Torres
©2022- Aldivan Torres
Visas tiesības aizsargātas.
Sērija: Garīgums un pašpalīdzība

Šī grāmata, ieskaitot visas tās daļas, ir aizsargāta ar autortiesībām, un to nevar reproducēt bez autora atļaujas, pārdot tālāk vai lejupielādēt.

Aldivan Torres, dzimis Brazīlijā, ir rakstnieks, kas apvienots vairākos žanros. Līdz šim tam ir nosaukumi, kas publicēti desmitiem valodu. Kopš agras bērnības viņš vienmēr bija rakstīšanas mākslas cienītājs, no 2013. gada otrās puses konsolidējot profesionālo karjeru. Viņš cer ar saviem rakstiem dot ieguldījumu Pernambuco un Brazīlijas kultūrā, pamodinot lasīšanas prieku tajos, kuriem vēl nav ieraduma.

Apgaismības Ceļā un Citi Stāsti
Apgaismības Ceļā un Citi Stāsti
Svētais Jānis Nepomucens
Nepomuka, Čehija, 1345. gada 2. februāris
Pirmā diena ar jauno misiju
Gadu vēlāk
Pēc diviem gadiem un lēmums
Pirmā studiju diena
Konfrontācija skolā
Pastaiga pa templi un aicinājums Kristum
Laiks, kad studēju katoļu koledžā
Konfrontācija ar imperatoru
Izvēle ir jūsu ziņā
Kas mūs patiešām mīl?
Negribi to, kas nav tavs
Jūtiet līdzi citu sāpēm
Mēs visi darām trakas lietas
Mums ir jābūt dinamiskiem profesionāļiem
Izbaudiet savu laiku, darot labu
Kamēr esat dzīvs, uztraucieties par to, kas nepieciešams
Izvairieties no melošanas
Esi reālistisks, bet esi ticīgs
Vienmēr izvirziet sevi kā prioritāti
Mani uzskati
Sieviešu nozīmīgā loma mūsu dzīvē
Mazāk domā par materiālismu
Mēs nedrīkstam būt muļķi

Ticiet Dievam visās situācijās
Darbs nav labs, labi, ka jums ir bizness
Lūk, mēs runājam to, ko esam atstājuši savās sirdīs
Nemēģiniet saprast nesaprotamo
Vienmēr tiecieties pēc ētiskām vērtībām
Neļaujiet sevi apmānīt ar viltus mīlestību
Ticiet sev un piepildiet sapņus
Ir lietas, kas cilvēkam patiešām nav iespējamas
Luiz Gonzaga, Baião karalis
Burvis mani apbūra
Pat tumsas priekšā pestīšana ir iespējama
Man ir bijušas vairākas neatlīdzināmas mīlestības
Neaizraujieties ar nepatiesām baumām
Esiet daudz vairāk nekā ticība
Glabājiet savu noslēpumu pie Dieva, bet esiet autentisks saviem ģimenes locekļiem
Es lepojos ar savu stāstu
Mana homoseksuāļa pieredze
Uz mūsu pašu eksistences svētā ceļa
Ziņojums par tiem, kas saslimuši ar iegūto imūndeficīta sindromu
Ceļošana kopā ar franču kapteini Luiss Antuānu de Bougainville
Ir tik patīkami justies aizsargātam
Pēc jūsu domām, jums vienmēr ir taisnība
Ir augstāks spēks, kas koordinē Visumu
Tajā nav kaitējuma, kas ilgst mūžīgi
Ir labi, ja ir kāda pārliecība
Dievs nav tas, ko viņi par viņu saka Vecajā Derībā
Runājiet mazāk un rīkojieties vairāk
Es apmeklēju tantes dzimšanas dienu, svinot viņas astoņdesmit gadus

ALDIVAN TORRES

Svētais Jānis Nepomucens
Nepomuka, Čehija, 1345. gada 2. februāris

Bija lietaina pēcpusdiena. Tā varētu būt normāla diena kā jebkura cita, bet tā nebija. Velingtona un viņa sieva Džozefīne bija steigušies uz slimnīcu, jo viņa bija dzemdībās. Tā bija viņu pirmā bērna piedzimšana, pāra savienības rezultāts, kas ilga trīs gadus. Tiklīdz viņi ieradās slimnīcā, medicīnas komanda viņus ārstēja. No sievas puses vīrs vēroja dzemdības. Bija pagājušas trīs garas stundas pirms bērniņa piedzimšanas. Drīz sākumā tēvs paņēma bērnu rokās un sniedza viņam sirsnīgu skūpstu.

Velingtona

Mans dārgais zēns. Cik patīkami tevi redzēt. Asinis no manām iekšām, cik jauki tevi redzēt. Laipni lūgts pasaulē, mans dēls.

Džozefīne

Viņa vārds būs Jānis. Man bija nepatikšanas dzemdībās, un ar Dieva palīdzību viņš piedzima. Tāpēc es izvēlējos šo Bībeles vārdu.

Medmāsa

Veiksmi pārim. Apsveicam, jums ir ārkārtīgi veselīgs bērns. Uzcītīgi rūpējieties par viņu, lai viņš kļūtu par laipnu cilvēku.

Velingtona

Viņš būs kā viņa vecāki, godīgi cilvēki. Es viņam iemācīšu visu, ko esmu iemācījies savā dzīvē. Ar viņu viss būs kārtībā.

Ārsts

Es jūs atbrīvošu pēc dažām stundām. Mēs saprotam, ka labākā vieta, kur mazulim palikt, ir viņa paša mājas.

Džozefīne

Liels paldies, daktera. Es ļoti novērtēju jūsu darbu un visu komandu.

Viņi gaidīja tik ilgi, cik tas bija nepieciešams slimnīcā. Drīz pēc tam viņi tika atbrīvoti. Viņi atstāja šo vietu ar atjaunotu garu un misiju, kas jāizpilda. Ka jums būtu paveicies šajā pasākumā.

Pirmā diena ar jauno misiju

Viņi atgriezās mājās no slimnīcas. Tas bija patiešām lielisks nogurdinošs ceļojums. Bet domājiet par to, bija vērts pielikt visas pūles, lai jūsu dārgais bērns būtu jūsu rokās. Viņš bija jūsu asinis, kas bija nesalaužama saite. Cilvēku dzīves ir sadalītas divās sfērās: radinieki un paziņas. Radinieki ir tie, kas vienmēr būs kopā ar jums, veselībā un slimībās, bagātībā vai nabadzībā, jo tā ir asins saite. Ar paziņām jūs pat varat izveidot spēcīgu saikni, jūs pat varat viņu apprecēt. Bet tas ir kaut kas, kam ir sākums, vidus un beigas.

Velingtona aiziet uz darbu. Tikmēr sieva turpina rūpēties par savu dēlu un gatavot vakariņas. Nav viegli uzņemties atbildību par to, ka esat mājas īpašnieks, esat sieva un joprojām strādājat. Daudzās lomas, ko veic daudzas sievietes, liek man arvien vairāk apbrīnot šo žanru. Lai gan viņi to visu dara, vīri viņus bieži nicina. Viņi bieži tiek vajāti, pret viņiem izturas kā pret priekšmetiem un cieš no vardarbības ģimenē. Tas pasaulē kļūst arvien izplatītāks.

Džozefīne ir jautri ar mazuļa dažādajām sejām. Cik labi ir būt bērnam, viņa domā. Bērnība ir labākais mūsu dzīves posms, kad mums nav lielu pienākumu. Runājot par manu bērnību, tas bija grūts laiks ar finansiālām grūtībām, bet ar daudzām spēlēm, daudziem draugiem, daudz studijām, daudz lasīšanas un daudz ģimenes izglītības. Tas bija pamats, lai es kļūtu par tādu cilvēku, kāds es esmu šodien: cienīgs, godīgs cilvēks ar labi nostiprinātām vērtībām un neticami laimīgs. Lai gan grūtības pilnībā nepazūd, es esmu apmierināts ar savu darbu, ar savu literatūru, ar saviem personīgajiem sasniegumiem, ar savu pieredzi un pieredzi, visbeidzot, es esmu cilvēks, kas svētīts ar dievišķām žēlastībām.

Atgriežoties pie stāsta, Džozefīne izdodas bērnu nolikt gulēt. Viņa pabeidz gatavot vakariņas un tāpēc var atpūsties. Šie mirkļi ir reti, kas padara viņu arvien vērtīgāku. Jā, mans draugs. Nekoncentrējieties uz savu dzīvi tikai uz darbu. Centieties izbaudīt absolūti labāko no dzīves. Dariet visu nedaudz. Ceļojiet, strādājiet, lasiet grāmatu, skatieties filmu, romānu vai teātra iestudējumu. Intīmos brīžos nodarbojieties ar daudz seksa un izbaudiet citas miesīgs baudas. Ja jūs pārtraucat domāt, mūsu dzīve ir īslaicīga. Viss, ko mēs dzīvojam, iziet cauri pārāk ātri. Pieaugušo vecums un vecums pienāk ātri. Tātad, izbaudiet katru savas dzīves posmu ļoti plaši. Vienmēr atcerieties, ka jūs dzīvojat tikai vienu reizi.

Ierodas vīrs, un viņi dodas uz virtuvi, lai baudītu vakariņas.

Velingtona

Kā ir mūsu dēlam?

Džozefīne

Ar mūsu dēlu viss ir kārtībā. Viņš jau ilgu laiku ir aizmidzis.

Velingtona

Tas ir īpaši labi. Jūs esat fantastiska sieviete. Es nekad nenožēloju, ka apprecējos ar tevi.

Džozefīne

Es arī to nenožēloju. Šodien mēs svinam savienību, kas ir labi dibināta, ar lielu mīlestību, prieku un līdzdalību. Esmu pilnīgi laimīga.

Velingtona

Mūsu attiecības darbojās, jo mums ir līdzīgas domas. Lai pāris strādātu, katram ir jāpārdomā un nedaudz jāpadodas atšķirībām.

Džozefīne

Piekrist. Bet ir vairākas iespējas. Nākotnē kaut kas var mainīties , un mums ir jānošķiras. Bet, pat ja tas notiks, mūsu bērnos būs spēcīga saikne. Tad mūsu attiecības nebeigsies pilnībā.

Velingtona
Domāsim pozitīvi, sieviete. Ir attiecības, kas ilgst visu mūžu. Neprognozēsim faktus. Dzīvosim vienu dienu pēc otras, kā skolotājs mums mācīja.

Džozefīne
Tas ir lielisks padoms. Medus, mūsu dēls gulēs visu nakti. Kā būtu, ja mēs izmantotu priekšrocības un pavadītu mirkli kopā?

Velingtona
Cik brīnišķīgs aicinājums! Man tas patiks. Esmu pabeidzis vakariņas un esmu pilnībā atsvaidzināts.

Džozefīne
Tas būs ļoti labi. Es jums to apsolu.

Pāris apskauj un istabā būs savs tuvības brīdis. Nakts bija īsa viņu mīlestības lielumam. Viņi bija ideāls pāris. Viņi labi sadzīvoja visās dzīves jomās. Dzīve sekotu.

Gadu vēlāk

Gads paiet bez turpmākām izmaiņām. Bērniņš jau staigā, un tā ir mazliet neatkarība. Viss kopumā visiem ir kluss.

Nākotne joprojām bija neskaidra, taču viņiem bija cerības uz labākām dienām. Labi strādājot, viņi bija pārliecināti, ka var sasniegt savus mērķus.

Šajā datumā viņi organizē ballīti starp ģimenes locekļiem. Ballītes dalībnieki ēd tipiskus ēdienus, dzērienus un daudz dejo revanšējošās mūzikas skaņās. Tā bija neticami priecīga diena visiem, šīs dārgās ģimenes dzimšanas diena.

Šķiet, ka zēns izbauda ballīti, lai gan viņš īsti nesaprot, ko tas nozīmēja. Viņš bija izglītots, jautrs, pacietīgs un harizmātisks zēns. Viņš bija ideāls dēls jebkuram pārim. Lai Dievs turpina svētīt šo ģimeni.

Pēc diviem gadiem un lēmums

Ir pagājuši vairāk nekā divi gadi. Šajā laika intervālā zēns auga, attīstījās un savienojās ar sabiedrību. Tie bija neaizmirstami, izglītojoši un laimīgi laiki. Viņi bija tuvu tam, lai spertu nākamo soli.

Velingtona

Sieviete, es domāju par kaut ko konkrētu. Zēns ir pieaudzis, un viņš mums dod daudz darba. Kā būtu, ja viņš zinātu pasauli?

Džozefīne

Tas būtu lieliski. Ievietošana sabiedrībā ir patiešām nepieciešama. Es viņu likšu skolā. Tas nāks par labu viņam un lieliski mums.

Jānis

Kas ir skola, mammu?

Džozefīne

Tā ir vieta, kur jūs studēsiet un sagatavosieties pasaulei. Kamēr neesat pieaugušais, tas ir nepieciešams.

Jānis

Tas ir brīnišķīgi, mammu. Es domāju, ka man patiks. Es gribu atklāt pasauli.

Velingtona

Tā ir tava pasaule, dēls. Jūsu laiks tuvojas. Es ārkārtīgi lepojos ar tevi, dēls.

Jānis

Un es lepojos, ka esmu tavs dēls. Neuztraucieties, es būšu atpakaļ. Es iemācīšos kļūt par pieaugušo. Jūs varat to atstāt man.

Džozefīne

Es tevi katru dienu staigāšu iekšā un paņemšu. Jūsu māja ir šeit kopā ar mums. Skola ir tikai veids, kā augt un socializēties.

Trio apskāvieni. Viņi smejas un raud vienlaikus. Tas bija personīgs sasniegums, kas tuvojās, un arī liels izaicinājums. Bet tāds bija viņa liktenis. Viss, kas jums bija jādara, bija jāvirzās tālāk ar ticību Dievam.

Pirmā studiju diena

Džozefīne aizveda dēlu uz skolu un atstāja to skolotāja aprūpē. Tā bija pirmā nodarbību diena, un starp visiem notika prezentācijas un mijiedarbība starp viņiem. Dārgajam Jānim viss bija jauns un interesants.

Skolotājs

Kā tevi sauc? Kā jūs jūtaties par šo pirmo skolas dienu?

Jānis

Mani sauc Jānis. Mans mērķis skolā ir iemācīties kļūt par labu cilvēku un kontaktēties ar jaunu Visumu. Es izbaudu katru detaļu un ceru, ka piepildīšu jūsu cerības. Es šeit jūtos laimīgs un gaidīts.

Skolotājs

Tas ir īpaši labi, mīļā. Mums kā skolas daļai ir šī funkcija – integrēt skolēnu sabiedrībā. Būt skolotājam ir neticami skaists darbs. Lai gan mums ir maz izglītības stimulu no valsts, mēs ļoti vēlamies mācīt un mācīties. Šī savienība starp skolēnu un skolotāju nojauc barjeras. Mēs varam radīt iekļaujošu izglītību un padarīt visus laimīgus. Tas ir liels mūsu sasniegums.

Jānis

Tas ir brīnišķīgi. Es darīšu visu, kas manos spēkos. Tu man ļoti patīc. Mācīsimies kopā un augsim lielā veselībā. Tā man ir jauna pieredze. Es ceru, ka tas nesīs augļus.

Skolotājs

Neuztraucieties, es būšu atpakaļ. Būs labi. Es veltīšu visu iespējamo, lai spēlētu labu lomu. Sanāksim kopā, lai iegūtu kvalitatīvu izglītību. Liksim Brazīlijai uzplaukt. Jūs esat ļoti laipni gaidīti.

Jānis

Liels paldies, profesor. Es novērtēju vārdus. Es jau jūtos kā mājās. Vai es varu tevi saukt par tanti?

Skolotājs

Ja tas tevi dara laimīgu, man ir vienalga. Ir jauki, ja skolā ir šis ģimenes ID. Ar to mēs esam sasnieguši citus sasniegumus. Virzīsimies tālāk.

Klase apskauj un svin pirmo skolas dienu. Tas būtu garš gads zināšanu labad. Lai veicas viņiem visiem.

Konfrontācija skolā

Viņi visi ēdnīcā ēda un mitrināja. Tā bija klusa un mājīga vide ikvienam. Līdz brīdim, kad no klases atnāca drosmīgs zēns, greizsirdīgs, jo Jānis runāja ar savu draudzeni.

Etāns

Vai jūs atkāptos no mana līgavaiņa? Vai jūs neredzat, ka jūs viņu traucējat?

Katie

Tas nav nekāds lielais darījums, mīlestība. Mēs tikko runājām par skolas biznesu.

Etāns

Jums nav jāskaidro sevi, mīlestība. Lai tas bastards runā.

Jānis

Es neredzu iemeslu, draugs. Jums viņas nav.

Etāns

Vai jūs zināt, par ko jūs runājat, medus? Es esmu viņas vīrs. Mums jau ir laulības dzīve. Jums jāiemācās cienīt citu cilvēku sievietes. Es jums mācīšu stundu.

Etāns gāja pāri Jānis. Ar dažiem sitieniem viņš viņu nogāza zemē. Sliktāk nekļuva, jo līgava iejaucās. Viņi aizgāja, un Jānis sāpēs raudāja.

Viņš pieceļas un brīnās, kā ir sēklinieku tēviņi. Nabaga tavs dārgais draugs. Viņš, iespējams, darītu to pašu ar viņu, ja viņam būtu aizdomas par kaut ko. Tas ir kauns, jo viņa bija ļoti brīnišķīgs cilvēks. Jūs nebijāt pelnījuši tādu putru.

Viņš izvēlējās neziņot par uzbrucēju. Viņš gatavojās iet prom no meitenes, lai izvairītos no turpmākām nepatikšanām. Tas nebija nekāda veida konfrontācijas vērts, jo tas varēja novest pie sliktākām lietām. Un viņa dzīve turpinātos mierā un laimē. Viss bija kārtībā.

Pastaiga pa templi un aicinājums Kristum

Ģimene devās uz reliģisku sapulci. Velingtona, Džozefīne un Džons bija kopā ar grupu, klausoties mācītāja runu. Pēkšņi Dieva kalps piegāja pie viņiem un runāja ar viņiem.

Ganāmpulks

Cik skaists jauneklis jums ir. Ko viņš vēlas būt no dzīves?

Velingtona

Es viņam nekad nejautāju. Bet mans novēlējums ir, lai viņš ir ārsts.

Džozefīne

Es vēlos, lai viņš būtu priekšzīmīgs skolotājs.

Jānis

Starp dzirnakmeņiem. Es biju sajūsmā par jūsu lekciju, mācītāj. Es gribu kalpot Kristum.

Ganāmpulks

Tas ir brīnišķīgi, mans dārgais jauneklis. Vai esi pārliecināts? Kristus ceļš ir grūts ceļš, pa kuru jāiet. Tas prasa atteikšanos, došanu, padošanos, spēku, naglu un lielu ticību. Tā ir liela atbildība.

Jānis

Es par to biju pilnīgi pārliecināts pēc jūsu sprediķa. Kaut kas mani dziļi aizkustināja. Es gribu veltīt savu dzīvi Dievam un citu labumam.

Džozefīne

Ja tā ir tava griba, dēls, es to pilnībā atbalstu. Tu esi bijis mans lepnums mūžīgi.

Velingtona

Šī atklāsme man bija milzīgs pārsteigums. Es nekad nebiju iedomājies, ka man ir priestera dēls. Es nevaru sniegt atzinumu par to. Bet es arī to neņemšu.

Jānis

Liels paldies viņiem abiem. Es pametīšu parasto skolu un iestājušos reliģiskajā skolā. Es gribu sākt piedzīvot savu izvēli.

Ganāmpulks

Mēs ar atplestām rokām gaidām jūs. Mēs jūtam neizmērojamu prieku par jūsu izvēli. Kristus priecājas par savu atbalstu. Līdz ar to kristietība aug arvien vairāk.

Reliģiskie svētki beidzās, un viņi atgriezās mājās. Zēns sāks gatavoties ienākšanai reliģiskajā dzīvē. Tas bija jauns posms, kas tuvojās.

Laiks, kad studēju katoļu koledžā

Jānis pārcēlās uz internātskolu katoļu skolā. Tas bija piecu gadu reliģiskās mācības periods. Galu galā viņš tika ordinēts par priesteri.

Kad viņš sāka strādāt par priesteri, viņš sāka saprast, cik īpašs ir darbs Kristus labā. Es sajutu milzīgu prieku, kalpojot diženajam Dievam. Viņš jutās laimīgs grūtā misijā, proti, izplatīt Dieva vārdu.

Viss tika atstāts aiz muguras: ballītes, mīlestības, ģimene, draugi un visi viņa iepriekšējās pasaules pārstāvji. Tas bija jauns sākums jaunam stāstam. Tāpēc es cerēju, ka jums paveiksies jūsu uzņēmumā.

Viņa reliģijas studijas turpinājās, un viņš kļuva par teoloģijas doktoru. Ar lielām dievišķām zināšanām viņš turpināja lasīt lieliskas publiskas lekcijas. Ar to viņš kļuva par cilvēku, kuru ļoti apbrīnoja sabiedrība.

Konfrontācija ar imperatoru

Imperators wenceslaus IV bija aizdomīgs par sava pavadoņa neticību. Tā bija slimīga greizsirdība, kas viņu visu laiku vajāja. Ar to viņam bija ideja izsaukt priesteri, lai atklātu sievas grēksūdzes noslēpumu.

Imperators
Saki man, tēvs, ko mana sieva tev atklāj par taviem mīļākajiem?

Jānis
Nekā no tā nav, mans ķēniņ. Turklāt es nespētu atklāt grēksūdzes noslēpumu. Es devu zvērestu, kungs.

Imperators
Kas tas tāds? Vai jūs mani izaicināt? Vai jūs zināt, kas es esmu un ko es varu darīt ar jums?

Jānis
Es precīzi zinu, kas jūs esat. Bet es ne no kā nebaidos. Dievs, kuram es ticu, un Viņa likums man ir vissvarīgākais. Jūs nevarēsiet no manis neko iegūt.

Imperators
Sargi, arestējiet šo vīrieti un spīdziniet viņu, līdz viņš izstāsta manas sievas noslēpumu. Ja viņš turpinās atteikties, viņi varētu viņu nogalināt.

Divi spēcīgi sargi ienāca istabā, satvēra priesteri un aizveda viņus uz tumšu istabu. Ir sākušās lielās spīdzināšanas. Tomēr priesteris palika neglābjams. Redzot, ka viņš neko nevar zināt, viņam tika piespriests nāvessods.

Kad sabiedrība dzirdēja par priestera nāvi, bija daudz satricinājumu. Lai nebūtu sarežģīti, imperators izgudroja stāstu par priestera nepaklausību, kas attaisnoja viņa nāvi. Viņš beidza savu trešās vietas misiju kā katoļu moceklis. Svētais Jānis Nepomucens kļuva par vienu no cienījamākajiem katoļu svētajiem.

Izvēle ir jūsu ziņā

Lielāko daļu savas dzīves mēs mēdzam vainot savās neveiksmēs liktenī, Dievā vai citos. Bet šķiet, ka mēs nekad nejūtamies vainīgi par viltus lepnumu vai iespējām. Mūsu dzīves novērošanas trajektorija dod mums šo viltus ilūziju, ka mēs esam neiznīcināmi. Bet es apgalvoju, ka tas ir tikai maldīgs iespaids. Lielais jautājums par mūsu neveiksmēm vai nelaimēm izriet no mums pašiem, no mūsu nepareizajām izvēlēm. Mums nav vienkāršības, lai atzītu savu kļūdu, un tad mēs esam iestrēguši ilūzijās. Paskatīsimies uz manu 4,000 mīlošo un profesionālo noraidījumu piemēru. Visi šie cilvēki, kas man atsūtīja noraidījuma vēstules vai atbildes, ir uzņēmuši jaunu pagriezienu dzīvē. Viņi izvēlējās citus cilvēkus, lai būtu daļa no viņu dzīves, un es par to esmu pateicīgs. Ja sajūta nav patiesa, tad es dodu priekšroku rūgtai realitātei, nevis ilūzijai. Kad viņi attālinājās no manas dzīves, es paliku savā personīgajā laimē ar savu darbu, saviem sapņiem un literatūru. Es esmu pilnīgi laimīgs, un viņi mani nemaz nepalaiž garām.

Mūsu neatkarībai un pašcieņai ir jābūt pirmajā vietā. Brīdī, kad es vairs neļaujos ilūzijām, ciešanām vai vilšanās sajūtai, es kļūstu par laimes pilnu būtni. Mana laime ir atkarīga no mana prāta stāvokļa. Jā, neļaujiet depresijai ienākt savā dzīvē. Padariet savus īsos mirkļus, īpašos mirkļus, kas paliks jūsu atmiņā uz visiem laikiem.

Kas mūs patiešām mīl?

Padomājiet par visu, ko esat piedzīvojis. Pārdomājiet savas karjeras labos un sliktos mirkļus. Tātad, uzdodiet šādu jautājumu: Kas bija ar mani tajos brīžos?

Dievs ir mūsu lielākā mīlestība. Mūsu vecāki ir mūsu mīlestība. Brāļi, brāļadēli, onkuļi, brālēni un radinieki ir daļa no mūsu vēstures.

Daļa no tā ir arī draugi un mīlestības. Viss, kas laika gaitā ir bijis mums apkārt, ir bijis daļa no viņa dzīvesstāsta.

Es domāju, ka mans stāsts bija neticami skaists un īpašs. Es cietu to, kas man bija jācieš, es sapņoju to, kas man bija jāsapņo, es iekaroju to, kas man piederēja, man patika, cik reizes man vajadzēja justies kā īpašam cilvēkam. Analizējot to visu, nav nozīmes manai gaumei, manai seksualitātei, manām izvēlēm. Es jūtos laimīgs, ka varu būt daļa no daudzu cilvēku vēstures. Viņi visi ir atstāti novārtā. Mana ikdiena tagad ir kopā ar brāļiem, mantojums, ko māte man atstāja. Es pildu savu misiju kā viņu brālis un tēvs, nodrošinot visu nepieciešamo. Mana izvēle bija viņiem, un es to nenožēloju.

Es izdarīju izvēli rūpēties par savu ģimeni, kad visi pārējie mani pameta. Es biju ļoti neapmierināts cilvēks mīlestībā, ar tūkstošiem noraidījumu. Tas mani padarīja par spēcīgu, dzīvei gatavu cilvēku. Vai es esmu laimīgs? Protams, es to daru. Manā dzīvē ir lieliski laimes mirkļi. Drīz es plānoju daudz ceļot uz skaistām vietām. Es izbaudīšu savu dzīvi, ceļojot un dzīvojot īpašus mirkļus kopā ar ģimeni.

Negribi to, kas nav tavs

Katram cilvēkam ir savs stāsts. Bet tas, ko es ļoti apbrīnoju cilvēkā, ir viņu godīgums. Tāpēc, es saku, vienkārši gribu to, kas ir tavs. Tas, kas pieder otram, nepieder mums.

Cieniet cilvēkus, kuri ir precējušies vai satiekas. Nemēģiniet nevienu atdalīt. Ir neticami skumji iznīcināt attiecības ar perversitāti. Atstājiet katru personu jūsu izvēlētajā uzņēmumā. Pat ja jūs neesat laimīgs, bet cienāt citu cilvēku īpašumu.

Cieniet viens otra aktīvus. Jūs varat apbrīnot sava drauga vai kaimiņa trajektoriju, bet nevēlaties iznīcināt to, kas viņam ir. Pasaule ir radīta ikvienam, lai cīnītos par to, ko viņi vēlas. Ikvienam ir tiesības tiekties pēc saviem finansiālajiem uzlabojumiem. Bet neskrieniet pāri. Gatavojieties būt lielisks uzņēmējs vai labs darbinieks. Jā, mēs varam būt laimīgi vienā vai otrā veidā.

Ievērojiet savas robežas. Cieniet savu pacietību un pārdomas. Novērtējiet sevi. Mīli un ļauj sevi mīlēt. Viss šajā dzīvē ir pārsteidzoši ātrs. Vienā mirklī mēs pievēršamies putekļiem. Tātad, izmantojiet pašreizējo brīdi, lai vēlāk to nenožēlotu.

Jūtiet līdzi citu sāpēm

Tikai tie, kas ir piedzīvojuši sāpes, precīzi zina, kas tas ir. Jā, katram cilvēkam ir savs stāsts, ko pastāstīt. Netiesājiet nevienu, jo tikai viņa zina, ko dzīvoja.

Ir cilvēki, kuri visu mūžu piedzīvo briesmīgas sāpes. Savās skumjās viņi saprot, cik ļoti viņi tiek kritizēti. Bet kāpēc cilvēki domā, ka viņiem ir šādas tiesības? Patiesībā viņi to nedara. Ikvienam vajadzētu domāt par savu biznesu neatkarīgi no kaimiņa.

Ja es esmu neatkarīgs, ja es maksāju savus parādus, ja man ir savs darbs, ja man ir sava dzīve, kāpēc viņi tik ļoti rūpējas? Pasaulei vajadzētu vairāk skatīties uz jums un aizmirst vienam par otra dzīvi. Kad mēs to darām, visi ir laimīgāki un piepildītāki. jā, ticiet sev un savam stāstam.

Mēs visi darām trakas lietas

Dzīve ir pārsteigumu kaste. Dzīves neparedzamai liek mums domāt, ka ir labi ik pa laikam darīt trakas lietas. Jā, draugs, dažreiz mums ir jāriskē ar kaut ko, kas darbojas.

Dažreiz šaubas mūs ļoti sāpina. Un šīs neskaidrības atstāj mūs bez rīcības. Tāpēc veiciet plānošanu un īstenojiet to, ko vēlaties. Pasaule ir cilvēki, kas aktīvi darbojas. Pasaule ir viena no tām, kas zina īsto laiku, lai uzvarētu.

Paceliet galvu. Ticiet Dievam, sev un dzīvei. Visiem iesaistītajiem viss būs kārtībā. Neuztraucieties par neko un nebaidieties. Vai jūs domājat, ka varenais Dievs ar jums atļautu kaut ko sliktu? Viņš nekad nepieļaus savu neveiksmi. Ej uz priekšu un cīnies par savu sapni.

Mums ir jābūt dinamiskiem profesionāļiem

Profesionālā dzīve prasa lielas prasmes. Tāpēc mums ir jābūt kvalificētiem, lai apmierinātu šīs prasības. Ar atbilstošu kvalifikāciju jums vienmēr būs nepieciešams apmaksāts darbs, palielinot klienta karti.

Iegūstiet savu profesionālo neatkarību. Veiciet atbilstošu apmācību un esiet ievērojams profesionālis. Mēs esam pelnījuši profesionālus panākumus un atzinību par mūsu darbu no iestādes, kurā mēs strādājam.

Esiet arī efektīvs, centīgs, strādīgs, godīgs, mīlošs, dāsns un žēlsirdīgs. Būdams labs pilsoņa piemērs, jūs beidzot varat spīdēt dzīvē. Jā, mēs esam pelnījuši labāko, ko dzīve piedāvā. Lai mums veicas.

Izbaudiet savu laiku, darot labu

Atkal lauksaimnieks, kurš dzīvoja pārpilnības, progresa un ārpus sabiedrības standarta. Ar divām sievietēm un ar augstprātību, tirāniju un ļaunprātību ar darbiniekiem ignorēja labu paražu likumus.

Viņš bija bende ar visiem. Par to, ka viņam bija daudz naudas, viņš pārkāpa augstāko likumu noteikumus. Ir pagājuši gadu desmiti, un tas tiek turpināts tāpat kā agrāk. Tomēr, kad viņš kļuva vecāks, slimība un nāves draudi nāca. Tieši tad viņš nolēma izpirkt sevi ārkārtīgi augstā priekšā. Viņš pārdeva saimniecību un ziedoja baznīcu.

Žēl, ka viņš domā, ka ar naudu var nopirkt pestīšanu. Mūsu pestīšana ir individuāla un neatkarīga no mūsu finansiālā aspekta. Mums dzīves laikā ir jādara labi darbi, kas mūs akreditē, lai ieietu debesīs.

Mums ir jāierosina vienmēr darīt labu. Mums ir jābūt drosmei apstrīdēt standartus un atbalstīt minoritātes. Tikai tad mēs izveidosim patiesu mīlas stāstu. Jā, ticiet sev un labajam, lai izveidotu labas attiecības.

Kamēr esat dzīvs, uztraucieties par to, kas nepieciešams

Lai gan mēs precīzi nezinām, ko mums nesīs nākotne, mums ir jābūt pareizai kontrolei pār mūsu rīcību, finansēm un plāniem. Jā, nākotne var būt tāda, ka tā pastāv jums, un jums ir jābūt gatavam.

Pieaugušo dzīve prasa lielu apņemšanos pret mums. Mums par katru cenu ir jāpaliek neatkarīgiem. Jā, neveiksmes var nākt, un, lai to izdarītu, mums ir nepieciešama otra plānošana.

Kontrolējiet sevi līdz pensijai. Pēc tam jūs varēsiet brīvi tērēt to, ko varat. Ja jums nav mantinieku, vēl labāk. Mums ir mazāk problēmu bez mantiniekiem. Mums ir lielāka brīvība bez mantiniekiem. Mums ir vairāk prieka bez mantiniekiem. Mēs dzīvojam paši bez mantiniekiem. Tātad, ir labi būt brīvam ar tēta žēlastībām.

Izvairieties no melošanas

Daudzi cilvēki domā sevi aizsargāt. Es par to netiesāšu. Patiešām ir situācijas, kad ir nepieciešams melot, lai nenomirtu vai nebūtu juridisku sarežģījumu. Bet visam ir robeža.

Vienmēr centieties būt patiess, un patiesība paliks jūsu dzīvē. Vienmēr meklējiet labu, un viss tam tiks pievienots. Neuztraucieties par pārāk daudz. Dievs zina, kas jums patiešām ir vajadzīgs. Tātad, vairāk uzticieties viņam un sekojiet viņa sirdij.

Kad kāds ir daudz cilvēku, viņi zaudē visu uzticamību. Mēs vairs neuzticamies jūsu vārdam. Cilvēka godīgums ir viss. Ja uzticība pārtrūkst, tā nekad neatjaunojas. Jā, mans draugs. Pieprasiet vairāk no apkārtējiem cilvēkiem. Pieprasiet, lai patiesība būtu prioritāte, jo tā ir neticami skaista lieta, ko redzēt cilvēkā.

Esi reālistisks, bet esi ticīgs

Mēs dzīvojam pilni ar daudz virtuālas informācijas. Ir zinātniski, reliģiski un kultūras ziņojumi. Mums visapkārt ir lieli meli un patiesības. Tomēr nevienam ar viņiem nav absolūtas patiesības.

Mums ir zināšanas. Mēs esam mācekļi dzīves jomā. Mēs esam kā bērni bez īstas izpratnes. Tieši tur ienāk mūsu uzskati. Mūsu garīgums parāda mums ceļus, pa kuriem mēs varam iet. Šie mūsu dzīves ceļveži mums ir patiešām svarīgi, lai uzzinātu par savu eksistenci uz Zemes.

Mēs esam viena debesu tēva bērni, kuriem lemts būt laimīgiem. Neuztraucieties par dienu vai laiku. Viss, kam jābūt tavam, tev tiks dots par to, ka esi pelnījis. Daudz ticiet saviem panākumiem un strādājiet, lai tos sasniegtu.

Strādājiet ar savu realitāti. Neticiet ilūzijām. Skatiet, kas ir iespējams, un veiciet plānošanu. Strādājiet ar saviem plāniem uzreiz. Mums ir jāskrien pārāk tālu, lai sasniegtu to, ko vēlamies. Nekad nenovērtējiet par zemu savas spējas un izdomu. Jūs varat darīt brīnišķīgas lietas, ja ticat. Ticiet, ka jūsu sapnis ir iespējams, un virzieties tālāk. Ceļa galā būs atbilde, kas jums tik ļoti nepieciešama.

Vienmēr izvirziet sevi kā prioritāti

Analizējot sev apkārt, es sapratu, ka es sev nepiešķiru prioritāti. Es pilnībā atdevu sevi citiem, un citi mani atmeta. Vai tas ir tad, kad es sāku domāt, cik daudz būtu vērts, ja es atceltu citu labā? Atbilde ir tāda, ka tas nav tā vērts. Vienmēr esiet jūsu prioritāte. Dzīvojiet savu dzīvi un savu unikālo brīvību, ja tas ir iespējams. Manā gadījumā tas nav iespējams. Es paskaidrošu tālāk.

Mana māte nomira, un es dzīvoju kopā ar saviem trim brāļiem. Esmu vienīgā, kurai ir darbs. Mani pārējie brāļi ir slimi, analfabēti vai vienkārši strādā dārzā. Ar to es uzņēmos visus mājas pienākumus. Tas ir liels svars, bet tas ir tā, kā saka: Dievs zina, ka es to varu pārvaldīt. Rūpes par savu ģimeni pēc mātes nāves man ir liela misija un neizmērojams prieks būt izpalīdzīgam. Mani brāļi ir tuvākais ģimenes mantojums, kāds man ir. Vienīgā problēma ir viens no maniem brāļiem. Viņš īsteno sava veida kundzību pret mani. Katru reizi, kad es izeju no mājas, lai kaut ko darītu, viņš pieprasa, lai es jums sniedzu visu informāciju par to, ko es darīšu, kurā vietā es iešu, cikos es iešu un cikos es atgriezīšos. Es jūtos pilnīgi iestrēdzis šādā situācijā. Tā kā viņš ir fiziski spēcīgāks par mani un vecāks, es nevaru viņam pretoties. Turklāt es neredzu, kā es varētu uzņemties mīlošas attiecības ar tik daudziem cilvēkiem mājā. Viņiem ir cits domāšanas veids nekā man. Viņi nesaprot, ko jūt homoseksuālis. Viņi nesaprot, ka tā nav izvēle. Mēs piedzimām ar šo seksuālo tieksmi. Man ir mazliet skumji nedzīvot savu dzīvi. Bet, no otras puses, es domāju, ka tā ir aizsardzība manā personīgajā dzīvē. Varbūt, neļaujot kādam ienākt savā dzīvē, es esmu brīvs no daudzām skumjām lietām. Ir daudz sliktu cilvēku, kas vēlas uzspridzināt mīlestību. Ir daudz dominējošu vīriešu, kuri domā, ka mēs esam objekti. Ir daudz ļaundaru, kas var mūs sāpināt. Es esmu brīvs no tā visa. Tas, kāda ir pasaule pašreizējā brīdī, es daudz neticu mīlestībai. Varbūt tas atspoguļo manus vairāk nekā 4 000 mīlestības noraidījumus manas dzīves laikā.

Varbūt mīlestība pastāv. Patiesībā mīlestība pastāv. Bet ne tā, kā daudzi cilvēki skaitās grāmatās. Šis romantisms mīlestībā ir lieliska fantāzija, kas aizrauj mūsu sirdis. Es dzīvoju mīlestību pilnībā. Esmu neticami apmierināta ar sevi un visiem tiem, kurus mīlu. Tāpēc pāriesim pie dzīves, jo mums ir daudz, par ko dzīvot. Veiksmi mums visiem un daudz mīlestības.

Mani uzskati

Man līdz šim ir bijusi sena vēsture: četrdesmit labi nodzīvoti gadi. Es savā dzīvē piedzīvoju nemierīgus periodus, kas kaut kādā veidā pārveidoja manu pasaules uzskatu. Jā, esmu kļuvis par lielisku cilvēku, kas ir pilns ar ētiskām vērtībām, godīgumu un cieņu.

Visa mana dzīve ir bijusi vērsta uz kalpošanu labajam. Es biju brīnišķīgs cilvēks daudzu manas ģimenes cilvēku dzīvē. Es viņiem palīdzēju visos dzīvotspējīgos veidos. Un viņi mani atbalstīja manos projektos. Tas ir īpaši labi , ja mēs palīdzam viens otram un dodam ieguldījumu labākā pasaulē. Mūsu dvēsele kļūst vieglāka un apburošāka.

Es ļoti ticu Dievam, mīlestībai, Visuma labdabīgajiem spēkiem, liktenim, mūsu gribasspēkam un rīcībai. Viss, kas ir rakstīts mūsu dzīvē, notiks brīnišķīgi. Mums ir jāvirza šī enerģija, kas mums ir jāpaveic visos gadījumos. Mums ir jābūt lielāka spēka kalpiem, kur mēs spēsim veikt konstruktīvas pārmaiņas. Tas tiešām ir tā vērts, lai būtu labi.

Sieviešu nozīmīgā loma mūsu dzīvē

Sieviete ir priviliģēta būtne radīšanā. Visas cilvēces izcelsme, tā ir sieviete, kas pasaulē ieved vīriešus un sievietes. Jā, pasaulei joprojām pienākas sievietes , un tāpēc tā ir jāciena. Tomēr mēs redzam, ka sievietes tiek maz novērtētas. Šovinisms kultūra bieži izslēdz viņus no būtiskām funkcijām, kuras viņi var veikt abos virzienos.

Mums ir jānostāda sievietes vienlīdzīgos amatos ar vīriešiem vai pat priviliģētos amatos. Mums ir jānovērtē sieviešu talanti un jārosina viņas arī radīt. Noliksim malā veco koncepciju, ka sievietēm ir jābūt mājās. Mums vajag, lai vairāk sieviešu būtu tiesneses, politikas, valstu vadītājas un visās iespējamās sabiedrības jomās.

Novērtēsim melnādaino sievieti, lesbiešu sievieti, biseksuālu sievieti, strādājošu sievieti, pamat iedzīvotāju sievieti un nometnes sievieti, kuri tiek tik ļoti diskriminēti. Palīdzēsim iemūžināt sieviešu vērtību un nojaukt šķēršļus. Apsveicam visas sievietes. Jūs esat pelnījuši lielisku balvu.

Mazāk domā par materiālismu

Mēs dzīvojam pasaulē, kas patiešām ir atkarīga no naudas. Mēs neko nepērkam bez naudas, mēs neceļojam, mēs nebaudām veselības aprūpes pakalpojumus. Patiesībā mēs gandrīz neko nedarām bez naudas.

Mīlestība, pieķeršanās, līdzdalība, lojalitāte, partnerība cita starpā neattiecas uz naudu. Cik jauki, ka ir lietas, ko nauda nepērk . Cik jauki, ka dzīvē ir vienkāršas lietas. Lietas, ko Dievs mums sniedz, netiek pārdotas kā gaiss, ko elpojam, ainavas, kuras apmeklējam, skaistās pludmales, kuras mēs atpūšamies, salas, visbeidzot, Dievs mums nodrošina labāko, ko viņš ir darījis bez maksas.

Novērtējiet mīlestību, draudzību, ģimeni, draugus un sevi. Novērtējiet savu potenciālu un savu vērtību kā cilvēciskai būtnei. Ticiet savai intuīcijai, ejiet savu ceļu uz priekšu ar Dievu savā pusē. Viss, ko jūs visvairāk vēlaties, kļūs iespējams.

Centieties strādāt mazāk un baudīt savus aktīvus, kamēr varat. Jā, viss ir īslaicīgs, un mēs nezinām rītdienu. Mums ir jādzīvo vislabākajā dzīvotspējīgajā veidā , lai mēs varētu iegūt savu laimes kopumu. Vienmēr ticiet sev.

Mēs nedrīkstam būt muļķi

Ņemiet vērā vidi, kurā tas ir ievietots. Mēģiniet intuitīvā to, ko otrs no jums sagaida, un veiciet analīzi. Jā, klusums mums bieži vien daudz ko iemāca. Klusums mums māca analīzes, pārdomu, intuīcijas, empātijas un sevis mīlestības vērtību. Pats Būdā sasniedza apgaismības ceļu caur klusumu.

Apgaismības ceļš vienmēr ir darīt labu. Būt žēlsirdīgam un dāsnam ir lielāka labuma princips. Mums ir jāiekļaujas sabiedrības dzīvajā kopienā. Mums ir jāpiedalās radikālās pārmaiņās, lai lielākam skaitam cilvēku būtu pieejams sociālais taisnīgums un vienlīdzība.

Mums ir jāzina, kā veidot labu politiku. Man bija padomā vairāki projekti, ja es būtu politiķis, un tas nav mans aicinājums. Es ieviestu privāto veselību visiem. Tiem, kuri nevar atļauties veselības plānu, būtu tādas pašas tiesības kā turīgajam pilsonim, izmantojot valsts fondu. Es ieguldītu desmit procentus no valsts ieņēmumiem izglītībā, jo studijas ir vissvarīgākais, kas mums var būt sabiedrībā. Izglītība veido apzinīgus un sagatavotus pilsoņus darba tirgum un dzīvei.

Es vienmēr strādātu nabadzīgo, atstumto sabiedrībā, seksuālo minoritāšu, sieviešu un apdraudēto bērnu labā, es strādātu visu to labā, kuri ir pakļauti zemākam sabiedrības uzspiestam plānam.

Mana cīņa ir par daudzveidību, vienlīdzīgām tiesībām, lielāku veselību, izglītību un darbu visiem. Veidosim taisnīgāku un stabilāku valsti visiem.

Ticiet Dievam visās situācijās

Daudzi cilvēki, kad viņi nonāk apkaunojumā, slimi vai ir briesmās, sauc pēc dievišķās žēlastības. Bet tas ir pilnīgi negodīgi pret Dievu. Mums ir jābūt saistītiem ar Dievu visos mūsu dzīves laikos: priekā, bēdās, sāpēs, uzvarā, neveiksmēs, uzvarā, īsi sakot, mūsu eksistences labajos un sliktajos brīžos uz Zemes.

Mums visu laiku ir jābūt Dieva pusē, jo Viņš ir vienīgais, kurš mūs nepametīs. Dievs ir būtne ar bezgalīgu gudrību un labestību. Viņi mūs padara par īstiem bērniem. Mana liecība par Dieva rīcību manī ir šāda: Lai gan daudzi cilvēki, kurus es uzskatīju par draugiem, mani izslēdza vai pameta, viņš vienmēr bija tagadējais tēvs. Viņš nekad neļāva man neko palaist garām. Man nekad dzīvē nav bijusi tāda mīlestība kā Dievam, un es esmu pilnīgi pārliecināts, ka es to nedarīšu. Dieva mīlestība pārsniedz mūsu veltīgo saprašanu.

Tāpēc jūs savā dzīvē vērtējat Dieva mīlestību. Dariet labu, lai tiktu svētīti. Palīdzot otram, mēs kļūstam laimīgi un paveikti cilvēki. Es jūtos pilnīgi savā dzīvē. Man vienmēr ir bijusi Dieva mīlestība kā kaut kas no galvenā. Man bija arī brīnišķīgas mātes mīlestība, forši brāļi, brāļameitas, onkuļi un dārgie brālēni, bet nebija draugu. Patiesībā man nekad nav bijis lojāla drauga vai mīlestības ārpus manas ģimenes. Cilvēki nāk pie manis tikai aiz intereses, kad viņi kaut ko vēlas. Viņiem ir vienalga, kā es esmu vai man kaut ko vajag. Viņi vienkārši ignorē mūs un seko viņu skumjajai dzīvei. Jā, pasaule ir tāda gandrīz pilnībā. Tas tiešām ir nožēlojami. Es vienmēr esmu sapņojis par brālīgu pasauli, pasauli, kurā cilvēki palīdz viens otram. Pasaule, kurā tie, kuriem ir vairāk, varētu kaut kādā veidā palīdzēt, kam ir mazāk. Mazāk nežēlīga pasaule, kas negribēja mani iznīcināt. Tomēr man nav taisnība. Pasaule nekad nav bijusi slikta. Slikti ir daži cilvēki tumsā. Cilvēki, kuri vienkārši vēlas traucēt mūsu dzīvei. Es novēlu daudz gaismas šo cilvēku ceļā. Lai viņi nožēlo grēkus un kļūst par labiem cilvēkiem.

APGAISMĪBAS CEĻĀ UN CITI STĀSTI

Darbs nav labs, labi, ka jums ir bizness

Man nekad nav bijusi lieliska darba pieredze. Visur, kur esmu strādājis, man ir bijusi slikta pieredze. Tātad, es neiesakām strādāt citiem. Bet dažreiz tā ir mūsu vienīgā alternatīva. Labākais risinājums ir bizness, pat ja tas ir mazs. Kad mums pieder mūsu neatkarība, tas mums nes lielu laimi. Un, kad mēs strādājam pie tā, kas mums patīk, rezultāts ir vēl labāks.

Mūsdienās mums ir interneta spēks. Mūsdienās mums ir iespēja strādāt no mājām, un mums ir mazāk rūpju. Jā, mans draugs, mūsdienās ir pilnīgi iespējams būt neatkarīgam. Bet arī tas nav viegli. Katrs darbs prasa piepūli, centību un profesionālu apņemšanos.

Padariet to vērts visu, ko jūs stādāt. Analizējiet tirgu un plānojiet savu rīcību. Vienmēr ir labas iespējas, kas gaida, kad jūs viņu satiksit. Es novēlu jums daudz panākumu un veiksmi jūsu centienos.

Lūk, mēs runājam to, ko esam atstājuši savās sirdīs

Bībele mums saka, ka cilvēka vārdi ir saskaņā ar viņu sirds nolūku. Ja mūsos ir laipnība, dāsnums, maigums, mīlestība un pašapmierinātība, mēs to pierādām ar savu rīcību un vārdiem. Taisnība ir arī pretēja.

Jā, stipriniet savu rīcību ar labām lietām tā, lai jūs pozitīvi papildinātu cilvēku dzīvi. Ir lieliski izmantot vārda spēku, lai spētu pārveidot dzīvi. Tas apkopo manu vēsturi literatūrā: es gribu cilvēkos piesaukt labas jūtas, kas maina šī cilvēka attiecības ar Dievu, ar sevi un ar Visumu.

Nestāviet tikai tur. Iet uz priekšu aiz saviem sapņiem. Vienmēr ticiet sev un savam stāstam. Jūs jebkurā laikā varat mainīt trajektoriju. Padariet vienkāršas lietas par savu galveno moto. Jā, Dievam nepatīk augstprātīgi, augstprātīgi vai ļauni cilvēki. Viņiem nav vietas debesīs. Mums ir vajadzīgi cilvēki, kas visādā ziņā izceļas ar laba izplatīšanu.

Dariet to sev, Dieva dēļ un pasaulei. Tas pilnībā pārveidos to, ko jūs saucat par iekšējo apziņu. jā, vairāk tici sev un ej tālāk.

Nemēģiniet saprast nesaprotamo

Visums ir apslēpts lielā noslēpumā. Ar neierobežotām proporcijām kosmoss ir nesaprotams pat uzmanīgākajiem zinātniekiem. Jā, tik daudz, cik mēs cenšamies saprast šo Dieva neizmērojamību, kas ir bezjēdzīga attieksme.

Mums ir jāpulcējas savā viduvējībā un jāsaprot, ka mēs esam tikai putekļi, kas izmesti vējā. Mēs esam šeit pēc minūtes. Vēl viens brīdis, mēs vairs neesam . Jā, dzīve ir ļoti īsa un ātri patērē mūsu laiku.

Tātad, mīliet to tik ilgi, kamēr jums ir laiks. Pieņemiet savu tēvu, apskaujiet māti, atbalstiet savu ģimeni, palīdziet savam tuvākajam, veiciniet labāku Visumu. Nesakiet man, ka jums nav laika. Mēs vienmēr esam pieejami lietām, kurām nav nozīmes.

Skrieniet pēc savas laimes, kamēr tā ir rokas stepiņa attālumā. Dažreiz mēs zaudējam vienīgo laimes iespēju, ko dzīve mums dod. Mēs to zaudējam lepnuma , augstprātības un augstprātības dēļ. Pamosties un vērot , kas ir pie tava horizonta. Jā, ir iespējams uzvarēt visās iespējamās sfērās un sajūtās. Ir iespējams mūs atbrīvot un pilnībā attīstīt. Tāpēc vienmēr ticiet sev.

Vienmēr tiecieties pēc ētiskām vērtībām

Ievērojiet visu sev apkārt, dzīvojiet labu vai sliktu pieredzi. Cīnies pret visu, ko ienīsti, un parādi pasaulei savas vērtības. Parādiet savu talantu, godīgumu, cieņu un patiesību.

Jo tas ir, kad mēs stiprinām savu raksturu ar to, kas ir dziļākais mūsu būtībā, mēs vienmēr gūstam lielākus augļus. Vai vēlaties gūt augļus? Stādiet vispirms, lai novāktu vēlāk. Panākumi nekādā ziņā nav viegli.

Kā gūt panākumus? Tā ir gara un sarežģīta trajektorija. Jums būs pretinieki, kuri vēlēsies jūs tā vai citādi iznīcināt. Daži cilvēki nav priecīgi par mūsu panākumiem. Ir cilvēki, kuri pat nepalīdz, viņi netraucē. Citi ir lieliski pastaigu biedri.

Es dodu priekšroku trešajam cilvēkam, kurš ir īstais draugs. Bet diemžēl dzīve mani nav iepazīstinājusi ar daudziem draugiem. Patiesībā man nekad nav bijuši svešinieki blakus. Man vienmēr ir bijusi mana ģimene blakus. Tātad, tieši viņiem es dodu savu dziļo centību.

Mūsu ģimenei ir neiznīcināma saikne, kas ir mūsu asinis. Tomēr ne visi ģimenes locekļi iedvesmo uzticību. Daži mūs sapņos īsti neatbalsta. Bet tie, kas mums ir vistuvāk un kas mūs mīl, būtiski maina mūsu trajektorijas. Tāpēc, lūdzu, dodiet priekšroku viņu uzņēmumam, nevis svešiniekiem.

Neļaujiet sevi apmānīt ar viltus mīlestību

Mīlestība ir lieliska sajūta, iespaidīga un kas mūs pilnībā apņem. Tas ir kaut kas, kas mūs virza uz bagātīgām mācīšanās, mijiedarbības un iesaistīšanās konstrukcijām. Bet ir nepieciešama piesardzība.

Mīlestībai ir sava cena, kas jāmaksā. Kad mēs pilnībā atdodam sevi un esam vīlušies, rezultāts ir lielas ciešanas. Tajā brīdī var būt, ka vilšanās aizver neapzinātas durvis no iekšienes.

Lielā patiesība ir tāda, ka lielākā daļa mīlestības ir nepatiesas. Neļaujiet sevi viegli apmānīt ar mīlestību. Šajā pasaulē ir liela patiesība, kurai tic daudzi cilvēki: Mīlestība pret Dievu un mūsu vecākiem ir neaizstājama. Viss pārējais ir pasažieris mūsu dzīvē.

Es sāku vairāk ticēt Dievam ciešanās. Tajā brīdī, kad pasaule mani pameta un mani izmeta kodes, brīnišķīga būtne mani atbalstīja.

Jēzus apžēlojās par mani un nolika mani labā vietā. Vieta blakus maniem brāļiem, kur esmu izlutināta un mīlēta.

Nekas cits manā dzīvē nav tā vērts, jo, jo vairāk man tas bija vajadzīgs, neviens manā dzīvē neparādījās. Es esmu pārliecināts, ka man ir Dieva mīlestība pret mani uz visu mūžību. Un, kamēr es staigāšu pa šo zemi, es izpildīšu sava tēva gribu. Lai mans ceļš ir garš un laimes pilns. Es vēlu daudz veiksmes visiem, kas atbalsta manu mākslniecisko darbību.

Ticiet sev un piepildiet sapņus

Es piedzimu zemnieku ģimenē, kas saskaras ar lielām grūtībām. Jau no mazotnes es iemācījos cīnīties par to, ko vēlos, saskaroties ar jebkāda veida grūtībām. Tā bija smaga cīņa, bet tā mani noveda pie prieka, ekstāzes un pašapmierinātības sajūtas.

Ar katru iekarošanu es jutos piepildīts. Jā, mēs varam piepildīt sapņus. Kāds ir noslēpums? Cīņa, centība un neatlaidība. Jā, nedomāju, ka jūs viegli gūsiet panākumus. Dažreiz paiet daudzi gadi, līdz tas patiešām piepildās.

Ziniet, kā gaidīt Dieva apsolīto laiku. Bet tas nenozīmē, ka tā ir pasīva gaidīšana. Jums ir jādara lietas, lai šis sapnis piepildītos. Viss, ko jūs iekarojat, tas būs, pelnot un strādājot. Nekas nav bez maksas, mans labs draugs. Tātad, pieturieties pie sava sapņa.

Ir lietas, kas cilvēkam patiešām nav iespējamas

Padomājiet par to, ko vēlaties. Ja tas nav maz ticams, ieguldiet tajā. Kāpēc es saku, ka ir dažas maz ticamas lietas? Jo tie ir tik tālu no mūsu realitātes, ka mums ir jādomā, vai ir vērts ieguldīt.

Meklējiet to, kas ir vienkāršākais, un jūsu mērķis piepildīsies ātrāk. Esmu neticami laimīga, kad zinu stāstus par pārvarēšanu, prieku un laimi. Kad ir apburošs stāsts, ir labi izklīst, lai mūs nedaudz uzmundrinātu.

Mēs dzīvojam pasaulē, kas ir tik globalizēta, necilvēcīga un konkurētspējīga, ka dažreiz mēs zaudējam būtību tam, kas ir būt cilvēkam. Mēs varam būt labāki cilvēki, ja efektīvāk palīdzam citiem. Kad mēs sēžam blakus trūcīgajiem un raudam viņu sāpes. Atvieglojot trūkumcietēju sāpes, mēs iegūstam svarīgu atzinību no Dieva. Jā, atgriešanās likums pastāv un darbojas pilnībā.

Luiz Gonzaga, Baião karalis

Luiz Gonzaga Do Nascimento dzimis Exu pilsētā, Pernambuco štata iekšienē, 1912. gada 13. decembrī. Viņš bija ievērojams brazīlietis mūzikas jomā, strādājis par komponistu un dziedātāju. Viņš bija viens no ritms akcentiem ar nosaukumu "Baião", kas ir ārkārtīgi populārs mūzikas un deju žanrs Brazīlijas ziemeļaustrumos.

Tas bija 1912. gads, kad mazais zēns piedzima koka un māla būdā, saimniecības teritorijā. Otrais daudz bērnu ģimenes dēls, viņa vecāki tika saukti: Ana Batista un Januário Santos. Abi bija lauksaimnieki un dzīvoja nabadzīgu un vienkāršu dzīvi Brazīlijas ziemeļaustrumos, kas tajā laikā bija liels posta reģions, viena no nabadzīgākajām vietām pasaulē. Brazīlijas ziemeļaustrumi bija pazīstami valsts mērogā ar ilgstošiem sausuma, korupcijas politikā, pullkulantisms (kur politiskā vara ir lielo saimnieku un citu sabiedrības elites rokās), galējas nabadzības (kur miljoniem cilvēku izturēja pārtikas vajadzības, veselības pamatvajadzības, izglītības trūkumu un drošības jautājumus), patriarhālās sabiedrības sistēmas (Šovinisms, nepietiekamas ģimenes izglītības un verdzības metodes).

Exu, pilsēta, kurā viņš dzimis, ir slavena ar savu intensīvo aukstumu, dabiskajām skaistulēm un izglītotajiem un viesmīlīgajiem cilvēkiem. Viņa dzimtā pilsēta ir viņa lielais iedvesmas avots viņa mākslas darbiem. Viņa ģimene, neskatoties uz to, ka tā bija nabadzīga un vienkārša, tika ievietota muzikālajā vidē. Tieši ar tēvu Luiz Gonzaga iemācījās spēlēt savus pirmos mūzikas instrumentus. Tur sākās liela aizraušanās ar mūzikas mākslu. Tiklīdz viņš iemācījās spēlēt mūzikas instrumentus, viņš sāka uzstāties svētku pasākumos reģionā. Viņš dziedāja un spēlēja instrumentus, iepriecinot pieaugošo auditoriju.

Drīz mazais zēns kļuva par pusaudzi. Tur sākās arī viņa nemierīgās mīlas attiecības. Viena no šīm attiecībām bija aizliegta, kas viņam radīja vairākas ģimenes problēmas. Līgavas tēvs nekādā veidā nepieņēma viņa mīlošās attiecības. Viņš bija spiests bēgt uz Sāras štatu, lai viņu nenogalinātu viņa līgavaiņa tēvs. Viņš sāka strādāt darbā, lai finansiāli uzturētu sevi, un drīz pēc tam viņš pievienojās Brazīlijas armijai.

Viņš strādāja Brazīlijas armijā apmēram desmit gadus. Šajā darbā viņš ceļoja pa daudzām interesantām vietām. Viņš dzīvoja vairākās vietās Brazīlijā, piemēram, Campo Grande, Belo Horizonte, Juiz de Fora, Ouro Fino un Rio de Janeiro. Šajā pēdējā pilsētā viņš sāka savu māksliniecisko karjeru.

Riodežaneiro pilsētas bāros un pasākumos Luiz Gonzaga demonstrēja visu savu muzikālo talantu. Drīz viņš bija veiksmīgs un sāka piedalīties pirmā kursa programmās. Viņš izplatīja mūzikas ritmu Baião un kļuva par populāru mūziķi visā valstī. Ar muzikālajiem panākumiem viņš beidzot var izkļūt no nabadzības un palīdzēt savai ģimenei, kas joprojām dzīvoja Brazīlijas ziemeļaustrumu iekšienē.

Luiz Gonzaga tika atzīmēts ar ziemeļaustrumu kultūras un tās galveno mūzikas ritmu, piemēram, baião, xaxado, xote un forró pé de serra, popularizēšanu. Viņa galvenie muzikālie darbi bija: Baltā Asa, ceļotāja dzīve, ne arī atvadījās no manis, skumja aiziešana, cita starpā.

Burvis mani apbūra

Mans brālis par to, ka viņš bija rupjš un nezinošs cilvēks, ieguva lielas nesaskaņas ciematā, kurā mēs dzīvojam. Tad viens no mana brāļa ienaidniekiem meklēja burvi, lai iemestu burvestību un uzbruktu man, jo es esmu tas cilvēks, kurš uztur mājas izdevumus. Burvis izmantoja dēmoniskas būtnes, lai traucētu mani ar balsīm un mēģinātu ietekmēt manu garīgo veselību. Šī burvestība ilgs desmit gadus, lai to pabeigtu. Tas beigsies tikai ar šī burvja nāvi. Sods nolādētajam, kurš man nodarījis ļaunu, būs mūžīgās mokas uguns un brikšņu ezerā.

Pat tumsas priekšā pestīšana ir iespējama

Mēs savā dzīvē ejam cauri vairākām tumsas fāzēm. Šie grūtie brīži mūs apbēdina un liek izmisumā par iespējamo neveiksmi. Bet vai tās tiešām ir beigas?

Jā, mans draugs, nekrītiet izmisumā. Uzticieties savai pārliecībai un virzieties uz panākumiem. Tiem, kas tic brīnumiem, viss ir iespējams. Starp citu, jūs esat pats brīnums. Jūs esat liels uzvarētājs tikai tāpēc, ka mēģināt.

Strādājiet ar saviem mērķiem. Veiciet labu plānošanu, iegremdējieties savās emocijās un visu īstenojiet praksē. Godīga un pelnīta uzvara nāks pie jums laikā. Viss ir tā, kā Dievs vēlas.

Kad panākumi nāk, pārlasiet sava progresa rezultātus. Ar katru sasniegto sasniegumu sviniet daudz. Jā, juties piepildīts ar saviem sasniegumiem. Tie ir laimes mirkļi, kas mūsu dzīvē pāriet kā smalks lietus. Izbaudiet to vislabākajā dzīvotspējīgajā veidā.

Man ir bijušas vairākas neatlīdzināmas mīlestības

Man ļoti patika, vairāki dažādi cilvēki. Bet neviens no viņiem man nedeva pienācīgu atzinību. Aptuveni piecpadsmit gadu mēģinājumu laikā ir bijuši vairāk nekā 4,000 noraidījumu.

Tas, kas bija palicis pāri no šiem mīlas mēģinājumiem, bija rūgta sakāves garša. Pēc tam es gadiem ilgi pārdzīvoju savu sērošanas procesu, bet beidzot atguvos. Es sāku novērtēt Dieva mīlestību, savu pašmīle stibu un savas ģimenes sabiedrību.

Šodienas laikos es nezinu, vai es to mīlētu tā, kā es to mīlēju agrāk. Maldināšanas sāpes mūs pilnībā pārveido. Tie, kas daudz cieš mīlestības dēļ, ir tik traumēti, ka vēlas sevi pasargāt. Varbūt tā ir liela kļūda, bet no tās nav iespējams izvairīties.

Pēc tik daudzām neapmierinātām pieredzēm mūsu lielā mīlestība ir tā, kas nāk no mums. Tas ir iekšējs stāvoklis, ko neviens nevar dot. Tāpēc nelieciet atbildību par to, ka esat laimīgs, kādā citā. Esi pats atbildīgs par savu laimi.

Neaizraujieties ar nepatiesām baumām

Daudzi cilvēki ir domājoši un izgudro citu cilvēku lietas. Šis sagrozītais viedoklis ir sagrozīts. Tātad, jūs domājat, ka šis cilvēks ir slikts, bet tas ne vienmēr ir tāds. Centieties netiesāt cilvēkus. Izturieties pret viņiem dabiski. Redziet tajā defektus un īpašības, kas mums visiem ir. Novērtējiet viņas draudzību.

Kad mēs precīzi izmērām kādu, tas kļūst par pateicību. Šī pozitīvo enerģiju apmaiņa noved mūs pie pieaugošiem sasniegumiem dzīvē. jā, mēs esam tas, ko mēs stādām un pļaujam. Vienmēr esi tā labā būtne.

Ticība nepatiesām baumām noved mūs pie lielām kļūdām. Vienmēr dodiet viens otram iespēju parādīties. Dodiet savam draugam laiku un īpašu atzinību. Mudiniet viņu parādīt sev, kā tas ir jums.

Jā, patiess cilvēks aizrauj mūsu sirdis. Jūs uzzināsiet patiesību, un tas padarīs mūs par pilnīgu un laimīgu cilvēku.

Atstājiet mazāk vietas kritikai un vairāk iespēju brīvībai. Kad mēs esam īpaši brīvi, mēs varam izveidot konsekventas attiecības starp mums. Vienotībai ir būtiska nozīme jebkurā sabiedrībā. Kopā mēs, iespējams, spēsim pārvarēt galvenos šķēršļus.

Esiet daudz vairāk nekā ticība

Ticība ir svarīga, tas ir spēcīgs spēks, kas palīdz mums sasniegt mūsu mērķus. Bet plānošana un rīcība ir vēl svarīgāka. Jā, ticība bez rīcības ir kaut kas miris. Ja vēlaties kaut ko reālu, virzieties uz to.

Ticības, intuīcijas sabiedrotais liek mums pieņemt pareizos lēmumus. Sekojot šim spēkam, jūs varēsiet saprast labākos lēmumus savai dzīvei. Šīs dzīves situācijas definēšana ir pirmais solis ceļā uz mūsu sapņu īstenošanu.

Jā, ticība ir tā, kas virza mūs uz mūsu sapņiem. Cik skaisti ir sapņot, kas liek mums katru dienu pamosties, cerot uz labākām dienām. Cilvēks bez sapņiem neko nenozīmē.

Ar lepnumu varu teikt, ka vienmēr esmu bijis sapņotājs. Kopš esmu dzimis zemnieks, esmu iedvesmojies dzīties pakaļ tam, ko gribēju. Protams, es vēl neesmu uzvarējis visu, bet esmu spēris lielus soļus. Es kļuvu par neticami laimīgu cilvēku savu ierobežojumu robežās. Es noteikti uzskatu sevi par talantīgu un atzītu mākslinieku. Mēs esam uzvarējuši ar vienkāršu faktu, ka cenšamies būt labāki cilvēki.

Glabājiet savu noslēpumu pie Dieva, bet esiet autentisks saviem ģimenes locekļiem

Noslēpums ir svarīgs, lai mēs uzņemtos mazāk riska un mums būtu brīvība ražot mierā. Kad kāds zina mūsu noslēpumus, mēs jūtamies spiesti un tiekam turēti par savas rīcības ķīlniekiem. Dažreiz tas ir slikti.

Centieties būt diskrēts, kad nepieciešams, bet esiet atvērts pret tiem, kurus mīlat. Varbūt tie var palīdzēt jums saprast jūsu bailes un bažas. jā, tas, ka ir kāds, ar ko parunāt, ir diezgan labi. Mīlestība un atbilstība šai ģimenes saiknei padara mūs par labāku cilvēku. Tā ir arī daļa no mūsu personīgās evolūcijas.

Kad jums nav neviena, pie kā vērsties, nāciet pie Dieva un runājiet ar viņu intīmi. Viņš spēs saprast jūsu raizes un vadīs jūs caur jūsu intuīciju. Sekojiet šai patiesībai ar lielu spēku un gara prieku.

Mūsu patiesība tiek celta vienu dienu pēc otras ar mūsu autentiskumu. Vienmēr esiet godīgs pret cilvēkiem, un jūs saņemsiet savu atlīdzību. Jūsu dzīve būs viegla, priecīga un pilna ar jaunumiem. Tā būs kā lielas kinozvaigznes dzīve. Tāpēc jutes kā ilgstošā filmā. Jūs esat īpašs un esat pelnījis spīdēt mūžīgi. Ticiet savām spējām. jebkurā situācijā. Daudz panākumu vienmēr.

Es lepojos ar savu stāstu

Domājot par savu dzīves trajektoriju, es lepojos ar sevi. Esmu pārvarējis lielus šķēršļus, kas vienmēr ir centušies novērst manus panākumus. Tas, ka esmu bijis nabadzīgs zemnieks un saskaries ar lielām ģimenes problēmām, ir padarījis mani par lielisku cilvēku, kāds es esmu šodien.

Es esmu liels fēnikss, kas atkal parādījās pelnu vidū. Kad visi domāja, ka esmu uzvarēts, es atguvos un kļuvu uzvarošs, cik vien iespējams. Tas nav finansiāls jautājums. Tā ir māksliniecisks atzinība maniem darbiem un arī manai garīgās veselības ārstēšanai.

Visi mani mākslas darbi man ir lieliska terapija. Man bija jāieiet mākslas pasaulē, lai pārvarētu lielu mīlestību un profesionālus noraidījumus. Tieši šie notikumi gandrīz iznīcināja manu dzīvi. Jā, tas, ka mani noraidīja vairāk nekā piecus tūkstošus reižu, iezīmēja manu stāstu galīgi. Tikai tie, kas ir nabadzīgi, homoseksuāli, neglīti un Brazīlijas ziemeļaustrumi, var saprast, ko es esmu cietis. Esmu cietusi lielus aizspriedumus un noraidījumus par to, ka esmu tieši tas, kas es esmu, un tas ir tik sāpīgi. Ja man nav draugu, varu uzticēties, ka tas ir ļoti sāpīgi. Mēs jūtamies atstumti no sabiedrības kopumā.

Tiem, kuriem ir tādas finansiālas problēmas kā man, ir jāsaskaras ar lieliem šķēršļiem, lai varētu sasniegt savus mērķus. Divus no maniem sapņiem iznīcināja finanšu resursu trūkums: filmu veidotāja un mūzikas komponista karjera. Bija tikai mans ierēdņa darbs, rakstnieka karjera un, iespējams, mana iespējamā satura producenta karjera. Es vienmēr cenšos finansiālo izeju savai personīgajai situācijai. Mans mērķis ir dzīvot cilvēka cienīgu dzīvi. Es vēlos, lai lielie sapņi piepildītos kā brīnišķīgi ceļojumi. Tas viss būs iespējams tikai ar nopelnīto naudu.

Pašlaik es veicu finanšu bilanci, lai nomaksātu savus parādus. Es neesmu bagāts; Es esmu tikai darbinieks. Tomēr es pateicos Dievam par darba dāvanu. Ar šo darbu es iekaroju katru savu sapni, kas bija iespējams. Esmu laimīgs savā darbā valsts dienestā. Es turpinu palīdzēt daudziem cilvēkiem realizēt savus sapņus ar savu apņemšanos. Es jūtos laimīgs, ka varu dot ieguldījumu labākā un taisnīgākā pasaulē.

Tātad, manu stāstu raksturo lieli emocionāli līkloči. Es esmu vispateicīgākais cilvēks pasaulē, ka Dievs mani ir svētījis ar tik daudzām dāvanām. Es turpinu savu dzīvi ar pārliecību, ka es joprojām iekarošu daudzus sapņus. Vienkārši strādājiet un ticiet labākām dienām.

Mana homoseksuāļa pieredze

Geju pasaule ir pārāk sarežģīta privātā pasaule. Tā ir izskatu pasaule, kurā tikai tie, kuriem ir vērtība, ir bagātie, skaistie, jaunie, muskuļotie, labi ģērbtie, aktīvie, īsi sakot, viss, kas es neesmu.

Tātad, un citas personiskas lietas, es nekad neesmu ieguvis draugu. Man ir gandrīz četrdesmit gadu un nekad neesmu piedzīvojusi seksu. Es zinu, kas ir sekss, jo es to redzu videoklipos internetā. Tas ir liels kauns. Es savā dzīvē neesmu dzīvojusi seksualitāti lieliem jautājumiem. Bet, no otras puses, tas mani padara drošu. Es negribēju kontaktēties ar cilvēkiem, kuriem ir seksuāli transmisīvās slimības, cilvēkiem, kuri ir vardarbīgi, psihopātiskiem cilvēkiem, cilvēkiem, kuri vēlas tikt galā ar finansiāliem triecieniem, jebkurā gadījumā mūsdienās ir pārāk sarežģīti uzticēties citiem cilvēkiem. Vienkārši tāpēc, ka vīrieši daudz krāpj. Vienkārši tāpēc, ka ir ārkārtīgi grūti uzticēties cilvēkiem, kurus es nepazīstu.

Šo un citu iemeslu dēļ es esmu viens gandrīz četrdesmit gadus 2022. gadā. Vai es vēl atradīšu patiesu mīlestību? To es nevaru paredzēt. Bet es esmu pārsteidzoši ērtā stāvoklī, būdams viens. Esmu neticami apmierināts ar savu brāļu kompāniju savā mājā. Man nav jādomā par nākotni. Kas īsti zina nākotni? Nākotne pieder tikai Dievam. Es dienu no dienas pārdzīvoju savas problēmas, meklējot sev labāko. Esmu neticami pateicīga un neticami laimīga par visu, ko esmu sasniegusi. Turpināsim, jo aiz mums ir tik daudz. Lai veicas mums visiem!

Uz mūsu pašu eksistences svētā ceļa

Gaišreģa grupa sāk staigāt pa Climério svēto ceļu. Viņi bija mierīgi, pilni ar pārpilnību un harmoniju.

Beatriz

Mūsu ceļš norādīja uz šo kursu. Pēc gandrīz četrdesmit dzīves gadiem es jautāju: kādas mācības jūs gūstat no dzīves?

Dievišķīgs

Es jūtos kā liels burvis, kas vēlas kontrolēt ritmu, ko diktē dzīve. Es esmu jauns vīrietis, kurš ir cietis un pārvarējis lielas grūtības un šķēršļus. Es mācījos no katra zaudējuma, katras sāpes un katra iekarojuma. Es esmu kā vējš, kas streiko pretēji dzīves vēlmēm. Mans lielais spēka simbols ir draudzības koks, kas parāda visu savu pārpilnību un spēku. Es vēroju koku un tā spēcīgos zarus. Ko koks mums rāda? Tas parāda mūsu dzīves daudzās iespējas. Katrā izvēlē, ko izdarām, tas ir jauns ceļš, kas krustojas, un lietas tiek pamestas. Tas nav atkarīgs tikai no mums. Arī apkārtējo cilvēku izvēles maina mūsu likteni gan uz labu, gan uz ļaunu. Šis ceļš, kas rezultējās ar spēcīgu cilvēku, kurš pārvarēja visus noraidījumus, tika veidots katru dienu ar lielu apņēmību. Man izdevās attīstīties pēc savas brīvas gribas. Skatoties uz to, es secinu, ka mana pastaiga nebūtu pat bez manām un citu izvēlēm. Jā, nav vietas žēlošanai. Jūtos stiprs un gatavs jauniem projektiem. Man ir daudz gribas un spēka dzīvot. Man ir drosme katru brīdi izgudrot sevi no jauna, neatskatoties atpakaļ.

Beatriz

Gudra izvēle. Patiesībā mēs nevaram mainīt pagātni. Es iederos jūsu dzīvē šajos garīguma, maģiskās pasaules, mistikas, draudzības atklājumos vidusskolā uz mūžu. Caur mani jūs demonstrējat savas lielās spējas un iecietību. To ir patiesi patīkami redzēt.

Dievišķīgs

Patiesība. Liels paldies.

Kalnu gars

Katrs no mums iederas dažādos Aldivan dzīves brīžos. Mēs esam lieliska kultūras un garīgā saikne jūsu dzīvē. Katrā posmā virzoties uz priekšu, mēs radām šo evolucionāro kultūru, vēloties arvien vairāk mācīties no pieredzes. Tā ir savstarpēja mācīšanās ikvienam. Meklējot lomu, ko spēlēt dzīvē, un atzīstot savu misiju, ir kaut kas, ko dara tikai daži. Un tā, pasaule turpina nepārtraukti griezties.

Renato

Atskatoties pagātnē un redzot, kā uzplaukst mūsu partnerattiecību sākums, tās ir ļoti ilgas. Kopā kā komanda mēs esam gatavi piedzīvot kaut ko lielāku un uz to mēs aicinām visus. Mēs ejam šo ceļu.

Dievišķīgs

Ar lielu mieru, izpratni, ticību un partnerību. Dievs ir ar mums.

Piecu kilometru gājiens ir klusi un patīkami. Visiem tika solīti jauni piedzīvojumi un emocijas. Īpaši laba lieta, ko redzēt.

Ziņojums par tiem, kas saslimuši ar iegūto imūndeficīta sindromu

Tā bija pilnmēness nakts. Pēkšņi atskan telefons un tad Bruno Freitas pieceļas no gultas, kur sauļojās. Kādas būtu šīs nakts stundas? Paņemot mobilo tālruni un pārbaudot ziņas, jūs lasāt uzaicinājumu naktī doties uz ballīti. Tas kļūst statisks. Tas bija cilvēks, kuru viņš vienmēr vēlējās iegūt.

Man nebija šaubu. Ātri vannojieties, uzvelciet dažas jaukas drēbes un izkāpiet. Tā kā ballīte bija tuvumā, viņš mierīgi staigā pa Petrópolis ielām. Jūsu prātā bija tikai tas izskatīgais vīrietis, kuru jūs vienmēr gribējāt. Nekas cits nebija svarīgs, kā vien jūsu brīvprātība pret seksu.

Viņi satiekas ballītes iekšienē. Viņi īrē galdu, ēd, dzer un dejo kopā. Tā bija ideāla nakts, lai baudītu dzīvi.

Richard

Vai zinājāt, ka jūsu acis ir skaistas, mana mīlestība?

Bruno Freitas

Liels paldies. Es to nekad neapzinājos. Patiesībā es domāju, ka tie ir diezgan izplatīti.

Richard

Neesiet pazemīgi, mīliet. Jūs vienkārši esat viskarstākais cilvēks partijā, un jūs esat šeit, man blakus. Tas ir tik īpaši.

Bruno Freitas

Jūs esat tas, kurš ir īpašs. Tāds izskatīgs un burvīgs vīrietis kā jūs, lai pievērstu man uzmanību, ir liels sapnis.

Richard

Liels paldies. Kā būtu, ja mēs dotos uz manu dzīvokli un pabeigtu šo nakti iespaidīgā veidā?

Bruno Freitas

Es ar nepacietību gaidīju šo uzaicinājumu.

Pāris pamet ballīti jau nedaudz piedzēries. Iekāpiet automašīnā un dodieties ceļā. Ārā līst lietus, un nakts jūsu prātā nes ievērojamus stāstus. Bet tur viss bija kārtībā.

Viņi ierodas dzīvoklī. Dodieties uz guļamistabu, noņemiet drēbes un sāciet apmainīties ar simpātijām. Glāsti kļūst drosmīgāki, un viņiem būs mežonīgs sekss. Bet viņi aizmirst vienu detaļu: Viņiem nav droša seksa.

Pēc seksa viņi guļ kā eņģeļi. Kad viņi pamostas, viņi uz dažām dienām izjūk. Pēc kāda laika Bruno vairākas dienas sāka justies slikti. Kad viņam ir medicīniskās pārbaudes, viņš atklāj, ka ir ieguvis imūndeficīta sindromu. Viņaprāt, viņš to nakti pavadīja tur, kur sevi pienācīgi neaizsargāja. Jūs saprotat lielo kļūdu, ko esat pieļāvis, bet ir jau par vēlu. Tagad viņš visu atlikušo mūžu dzīvos ar neārstētu slimību. Ar to nebija viegli tikt galā. Bet man tik un tā būtu jāatgriežas dzīvē. Jums varētu būt normāla dzīve ar pienācīgu ārstēšanu.

Iegūtais imūndeficīta sindroms ir realitāte daudziem cilvēkiem. Ap to ir daudz aizspriedumu, ka mums ar to ir jācīnās. Mums ir atkārtoti jāiekļauj sabiedrībā cilvēki ar iegūto imūndeficīta sindromu tā, lai viņi neciestu tik daudz. Tā ir tikai diagnoze. Dzīve nav beigusies.

Ceļošana kopā ar franču kapteini Luiss Antuānu de Bougainville

Mēs bijām atklātā jūrā ar vēl trim pirātiem, kas tīrīja Atlantijas okeāna ūdeņus. Tuvojās nakts, kad tika pamanīta zemes daļa.

Luiss Antuāns no Bougainville

Mēs tuvojamies sausai zemei. Tas būs labs sasniegums Francijas kronim. Es to ļoti gaidu.

Bulvāris

Bet mans kapteinis, vai tā nav Folklenda sala?

Luiss Antuāns no Bougainville

Jā, mans dārgais kaujinieks. Bet šī zeme nepieder nevienam. Tas mums joprojām ir pieejams.

Visi paliek mierīgi. Uz salas nolaižas septiņu cilvēku grupa. Kad nakts nolaižas, viņi sagatavo uguni, iededz to, gatavo ēdienu un uzstāda teltis.

Luiss Antuāns no Bougainville

Šeit sākas pirmais šīs salas kolonizācijas pavērsiens. Mēs esam konfliktā ar citām valstīm, bet es domāju, ka mēs panāksim vienošanos. Es jūtos piepildīts, esot daļa no salas vēstures.

Dievišķīgs

Cik pārsteidzoši tas nav , kapteini? Apsveicam ar sasniegumu.

Beatriz

Šķiet, ka šī sala ir apburta. Es jūtu lielas enerģijas, kas pārvietojas uz salas. Viens no gariem vēlas izstāstīt stāstu: mans vārds ir Ptolemaja; Es esmu viens no cilšu vīriem uz salas. Pirms daudziem tūkstošiem gadu bija karš starp divām konkurējošām ciltīm: ziemeļu cilti pret dienvidu cilti. Tas bija strīds par teritoriju un spēka izrādīšana. Šis karš ilga desmit gadus un gandrīz iznīcināja ciltis. Galu galā tika noslēgts darījums, un miers tika atjaunots, pirms tas viss bija beidzies. Bet sekas bija postošas abiem. Tāpēc es iesaku jums nekad neizgudrot nekādu karu. Izmēģiniet vienošanos par salas dominējošo stāvokli.

Kalnu gars

Mums uz salas ir vairākas lielvaras: Anglija, Francija un Argentīna. Atcerēsimies, ka zeme pieder Dievam un nevienam citam.

Renato

Es ceru, ka tas izdosies, kapteini. Mēs vēlamies, lai miers vienmēr gūtu virsroku.

Luiss Antuāns no Bougainville

Tie ir valdības jautājumi. Es esmu tikai darbinieks. Lieli lēmumi nepieder man. Bet ņemiet to viegli. Es domāju, ka viss būs kārtībā.

Dievišķīgs

Liels paldies, kapteini. Izmantosim šo vizīti šeit, lai apmeklētu katru salas punktu. Es domāju, ka tas būs ļoti izdevīgi mums visiem.

Nakti vislabāk varēja baudīt starp ēdieniem, dzērieniem, dejām un atpūtu. Rītausmā viņi devās izpildīt savu solījumu un devās ekskursijā pa skaisto salu.

Kalnu gars

Man liekas, ka es kāpu kalnā. Šie centieni man liek domāt, ka mēs esam vienā virzienā. Kā jūs jūtaties šajā vēstures brīdī?

Beatriz

Es redzu, ka spēki ceļas un vada mūs turpināt. Noslēpumi, kurus var atklāt jebkurā laikā. Iespēju ir daudz.

Renato

Man liekas, ka jaunību pavadu lielos ceļojumos. Es jūtos laimīga, blakus lieliskam rakstniekam. Tas ir tā, it kā daudzi ceļi satiktos.

Dievišķīgs

Jā, mēs esam gatavi jauniem iekarojumiem un uzvarām. Pasaule no mums vienmēr gaida labus stāstus. Kāpšana kalnā man sākumā bija ļoti svarīga. Tagad mani iztaujā dažādās situācijās. Tas ir plašu zināšanu ceļš, liels esības enerģiju sprādziens. Dievišķs un nedaudz atspoguļojas. Kāda būtu pasaule bez ekstrasensa un viņa bandas? Tā noteikti būtu mazāk spoža pasaule. Tas, kas mūs apbur Dieva dēlā, ir viņa lielā spēja stāstīt stāstus un pārdomas. Turpināsim šo cīņu, cerot uz to labāko mums visiem.

Ir tik patīkami justies aizsargātam

Mums, kas esam trauslas vai sievietes, ir jājūtas zināmā mērā aizsargātām. Ir lieliski vienmēr būt drošībā, lai kur mēs atrastos.

Personīgā un sabiedrības drošība ir mūsu tiesības. Mums ir jācīnās pret noziedzību, lai labi vīri varētu attīstīt savu potenciālu bez iejaukšanās. Tas padara mūs aizkustinošākus un jautrākus.

Tas, ka mums ir kāds, kas mūs aizsargā, ir brīnišķīga lieta. Ja mums ir kāds, kurš rūpējas par mums, kurš dod mums pieķeršanos, uzmanību un mīlestību, ir svētība. Tomēr ne visiem ir šī lieliskā dāvana.

Dzīvojiet savu dzīvi pilnībā. Viens pats vai kopā mēģiniet maksimāli izmantot iespējas, kas parādās. Tieši šie mirkļi piepilda mūsu dzīvi ar laimi. Un būt laimīgam ir tieši tas: dalīties situācijās, kas piepilda mūs ar prieku ar tiem, kurus mēs mīlam. Vienmēr ir laiks reaģēt un būt līdzdalītākam sabiedrībā. Jā, neuzturieties tikai telpās. Mēģiniet mijiedarboties ar citiem cilvēkiem un socializēt jēdzienus. Tas ir tāpat kā teiciens; Neviens nebūvē ēku viens pats. Mums ir jāpievienojas citiem, lai mūsu sapņi piepildītos. Jā, vienmēr ejiet uz priekšu ar mieru savā sirdī un dāsno mīlestību, ko jūs vienmēr esat devuši citiem.

Pēc jūsu domām, jums vienmēr ir taisnība

Lielākajai daļai cilvēku ir liels ieradums uzskatīt sevi par patiesības īpašnieku. Mēs vienkārši nepieņemam citu viedokli un domājam, ka mums ir pilnīga taisnība. Bet tas bieži vien tā nav.

Ir vairāki atšķirīgi viedokļi par vienu un to pašu faktu. Un katram no viņiem jums ir taisnība. Šādos konflikta gadījumos ir labi izšķirt nepieciešamos noteikumus, kas var norādīt, kas ir pareizi. Mūsu sabiedrībā mēs to saucam par taisnīgumu.

Taisnīgums ir tas, kurš nosaka tiesību īpašnieku. Taisnīgums nevar būt daļējs. Taisnīgumam ir racionāli jāanalizē fakti un jāpiešķir vērtība tiem, kas to ir pelnījuši. Bet dažreiz tas ne vienmēr ir tā, kā mēs to sagaidām. Mums ir daudz vecu un nedrošu tiesību aktu, kas neatbilst pareizajiem. Tas izraisa būtiskus traucējumus.

Mums ir vajadzīgi taisnīgāki tiesību akti un tiesību aktu piemērošana. Mums ir jāaizsargā bāreņi, bezdarbnieki, nabadzīgie, melnādainie, sievietes, LGBT grupa, īsi sakot, mums ir jāaizsargā atstumtie, kuri jau tā tik ļoti cieš no sabiedrības žēlastības.

Tāpēc pārbaudiet situāciju auksti godīgi. Mums ir jāpamato, kam patiesībā ir šādas tiesības. Veidosim taisnīgāku, brālīgāku un vienāds sabiedrību.

Ir augstāks spēks, kas koordinē Visumu

Mēs savā dzīvē pavadām daudzus posmus, labus vai sliktus posmus. Ir daudz tumšu fāžu, kas mūs ļoti satrauc un ir patiesi pārbaudījumi mūsu tumšajā dzīvē.

Bet nebaidieties. Ir spēks, kas koordinē visu Visumu un ir gatavs jums palīdzēt. Šo spēku parasti sauc par Dievu. Šis spēks spēj paveikt neiespējamo jūsu dzīvē.

Tātad, lai cik slikta būtu jūsu situācija, vienmēr ir dzīvotspējīga izeja. Meklējiet iedvesmu no skaistākajām lietām Visumā. Atzīstot Dieva mīlestību dievišķajā darbā, mēs varam sazināties ar Viņu pilnīgāk.

Jā, mans draugs, es vienmēr jūtos kā laimīgs cilvēks. Ir labi vienmēr būt pateicīgam par visu, ko jūs sasniedzat ar Dieva žēlastību. Tāpēc viņš turpina cīnīties par saviem sapņiem, ka viņa uzvara tiks sasniegta.

Tu vari, esi un esi pelnījis būt laimīgs. Mēs ieradāmies šajā zemē, lai izpildītu misiju. Misija, kas var būt vieglāka, ja vēlaties. Jā, mēs neesam šeit, lai būtu vergi nevienam vai sev. Mēs nākam ar autonomiju, lai izdarītu izvēles, kas var mūs novest pie nākotnes laimes. Tātad, esiet droši, ka viss būs kārtībā.

Tajā nav kaitējuma, kas ilgst mūžīgi

Ir daudz ļaunu fāžu, kas mūs pilnībā iznīcina. Fāzes, kas mūs moka un padara mūs skumjus. Bet šīs tumsas vidū vienmēr ir palicis maz cerību.

Jā, lai cik ļoti mēs ciestu kādā situācijā, mēs varam cerēt, ka kādu dienu tas beigsies. Jā, visas lietas pasaulē ir īslaicīgas. Varbūt tumsa var aizņemt ilgu laiku jūsu dzīvē, bet tā nav mūžīga.

Paturot to prātā, mēs varam atvērt plašu smaidu un stāties pretī dzīvei tā, kā tā ir. Iesim uz priekšu, neatskatoties atpakaļ, ar visu ticību un cerību, ko varam sakopot. Jūs esat veiksmes cienīgi un visas labās lietas, ko dzīve jums ir sagatavojusi.

Ir labi, ja ir kāda pārliecība

Tas, ka mums ir kam ticēt, ir liela svētība. Tas ir ceļvedis mūsu nemierīgajā dzīvē. Ar šo ceļvedi mēs varam veidot stabilas un ilgstošas attiecības sabiedrībā, kas var dot mums laimes mirkļus.

Ticība nosaka mūsu attiecības ar citiem. No principa, ka mēs esam tas, kam mēs ticam, tad mūsu reliģiskais apģērbs ir īpaši svarīgs, lai mēs varētu veidot savu viedokli un būtu iespēja uzklausīt otru.

Iecietībai un cieņai ir jābūt mūsu galvenajiem padomdevējiem savstarpējā saskarsmē. Ar cieņu mēs varam pieņemt dažādus viedokļus un labi ar to sadzīvot.

Justies labi par to, kam jūs ticat, ir zināt, kā informēt, mācīties, būt daudzveidīgam cilvēkam, ir plašas iespējas dzīvot savu dzīvi vislabākajā dzīvotspējīgajā veidā.

Ticiet, ka jūsu uzskati vedīs jūs uz pareizā ceļa, pat ja tas prasīs ilgu laiku. Ceļš var būt garš, un jums jābūt gatavam ar to saskarties. Jūtieties labi par sevi, un pārējais tiks pievienots jūsu dzīvei ļoti pilnā veidā.

Dievs nav tas, ko viņi par viņu saka Vecajā Derībā

Vecajā Derībā viņi runā par asinskāro Dievu, kurš mīl karus un iznīcību. Bet tā nekādā ziņā nav taisnība. Dieva patieso seju mums atklāja Jēzus, viņa patiesais dēls.

Caur Jēzu mēs uztveram Dieva patiesās īpašības: mieru, mīlestību, piedošanu, iecietību, dāsnumu, pacietību, cilvēcību, vienlīdzību, brālību un žēlastību.

Jā, neļaujiet sevi apmānīt ar nepatiesu informāciju. Lai gan Bībele ir lielisks saturs un ar lielu literāru nozīmi, mēs redzam daļas, kas nepiekrīt patiesajai Dieva personībai. Tas parāda, ka cilvēks lielā mērā rakstīja Bībeles gribu.

Tikai tas, kurš nāca no Dieva, spēja mums mācīt, ko Dievs patiesībā vēlas. Šajā jaunajā Jēzus sludināšanā mēs redzam kaut ko pilnīgi atšķirīgu no iepriekšējā. Mēs redzam tēvu, kurš nekādā veidā nediskriminē savus bērnus. Mēs redzam tēvu, kurš sveic visus, nenošķirot reliģiju, seksuālo orientāciju, politisko izvēli vai jebkādu specifiku.

Mans mērķis šajā tekstā nav radīt nekādus strīdus. Mēs dzīvojam plurālistiskā sabiedrībā un pieņemam mana viedokļa nesaskaņas. Bet tas, ko es nesu, ir nepārprotamas patiesības manā dzīves redzējumā. Apskāviens jums visiem.

Runājiet mazāk un rīkojieties vairāk

Daudzi cilvēki izrāda labus nodomus, bet daudzi no viņiem to neīsteno praksē. Jā, ticība bez darbiem ir mirusi. Kāda jēga teikt brīnišķīgas lietas un neko neīstenot praksē?

Mūsu labo nodomu rezultātā ir jāveic konkrētas darbības citu labā. Mums ir jādod ieguldījums taisnīgākā, atbalstošākā, vienāds un brālīgākā pasaulē.

Pasaulei ir vajadzīga aktīvāka rīcība, lai labotu vēsturiskās netaisnības. Mums ir jāapvienojas, lai aizsargātu minoritātes no sabiedrības aizspriedumiem. Cik jauki bija cienīt visu veidu cilvēku daudzveidību. Pasaule būtu apsolītā paradīze, bet diemžēl tā diez vai kļūs par realitāti. Tas, ko mēs šodien redzam, ir slikti cilvēki, kuri vēlas iznīcināt to, kas ir nākamais. Ir palicis maz labu cilvēku, un tieši viņiem pasaule ir tā vērta. Par labāku un taisnīgāku pasauli.

Es apmeklēju tantes dzimšanas dienu, svinot viņas astoņdesmit gadus

Es biju daļa no svarīga ģimenes mirkļa, kas bija manas tantes dzimšanas diena. Ar katru ģimeni kopā mēs svinam viņu astoņdesmit dzīves gadus.

Šādi brīži, kurus mēs esam sapulcinājuši savās ģimenēs, ir svēti. Tie ir brīži, kad runāt, novērst uzmanību un izklaidēties.

Es esmu cilvēks, kurš ļoti augstu vērtē ģimeni. Mūsu asinis ir mūsu galvenā saikne šajā pasaulē. Viss šajā dzīvē ir īslaicīgs, izņemot mūsu ģimeni, kas vienmēr ir ar mums.

Tātad, izbaudiet daudzus savus ģimenes locekļus, kamēr viņi dzīvo. Šādi mirkļi bieži neatkārtojas.

Ar šo tekstu es noslēdzu šo grāmatu vairāk. Es ceru, ka esmu devis savu ieguldījumu jūsu personīgajā varenībā. Liels apskāviens visiem, un lai Dievs svēti jūs ar lielu veselību, pārpilnību, panākumiem un laimi. Mīlošs skūpsts visiem maniem lasītājiem.

Galīgā redakcija

www.ingramcontent.com/pod-product-compliance
Lightning Source LLC
LaVergne TN
LVHW020441080526
838202LV00055B/5292